Mi nombre es Lucas.

¿Tu nombre es ... ?_____

D0846610

¡No puedo estar quieto! Mi vida con ADHD

Pam Pollack y Meg Belviso
Ilustraciones: Marta Fàbrega

¿ESPERAR?
¡IMPOSIBLE!

Hoy la maestra nos puso un problema de
matemáticas en la pizarra.
—¿Quién sabe la respuesta?
Algunos niños levantaron la mano.
Yo grité —¡Tres!

—No se grita cuando se responde —dijo la maestra—.
Va contra las reglas.

Siempre me cuesta seguir las reglas.

Miré por la ventana y deseé mucho que llegara la hora
del recreo.

La maestra me llamó la atención de nuevo: —No estás
atendiendo, Lucas.

Prestar atención también es un problema para mí.

PRESTAR ATENCIÓN

DE NUEVO LAS REGLAS

Estaba contento de salir al recreo, porque me cuesta mucho estar sentado y sin moverme de la mesa. Mis compañeros estaban jugando a la patada y yo, al verlos, corrí a la primera base.

—No puedes correr a la primera base sin chutar la pelota—dijo Javier—y tienes que esperar tu turno, esas son las reglas.

—¡Odio las reglas!—le grité—. Y di una patada fuerte contra la valla.

—No queremos jugar más contigo—dijo Javier—cuando no sigues las reglas estropeas el juego.

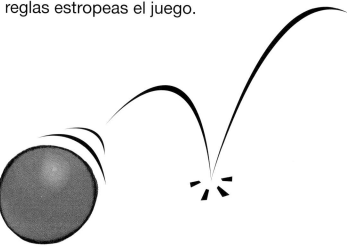

¡TRATO DE HACER BIEN LAS COSAS!

Cuando llegué a casa todavía estaba triste porque Javier se había enfadado conmigo.

Me fui a mi cuarto. Mi mamá estaba allí.—¿Olvidaste cómo hacer tu cama? —me preguntó.

—Echaste la colcha por encima pero dejaste la almohada en el suelo.

—¡No quería olvidarme!—grité.— ¡Traté de hacerla bien!

Mi mamá no se enojó. Dijo que no fue mi culpa.

Mamá me explicó que seguramente
yo tenía algo que se llama ADHD:
Trastorno de Hiperactividad y Déficit
de Atención. Yo me asusté un poquito,
pero mamá me calmó.
Al día siguiente mis padres me llevaron
a ver a un médico especialista.
—La gente con ADHD no puede esperar
su turno o seguir las reglas—explicó
el doctor—. Se olvidan de acabar
las cosas.
—¡Igual que yo!—dije.

ALGO COMO
UN TRASTORNO

¡CUÁNTOS MENSAJES!

—Imagina que tu cabeza está llena de gente que lleva mensajes de una parte de tu cerebro a otra—dijo el doctor.—El ADHD les complica su tarea: los mensajes se pierden o no pueden llegar adonde deben. Como el mensaje que te recuerda levantar la mano en clase antes de hablar. O el que te dice todos los pasos para hacer la cama.

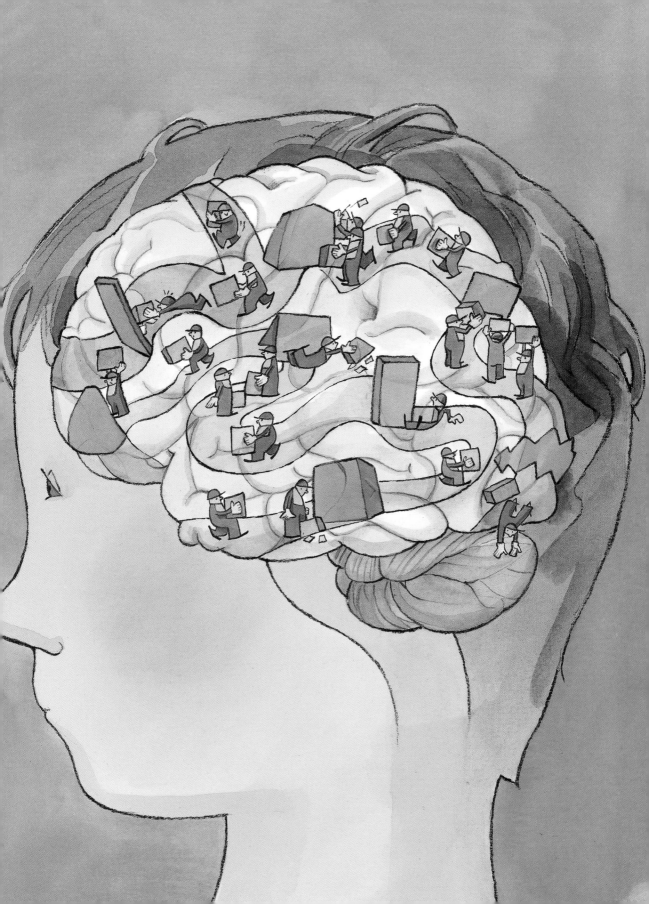

MI PROGRAMA

El doctor me recetó una medicina para tomar una vez al día, que ayudaría a mi cerebro a funcionar bien. Además aconsejó a mis padres a hacer un programa con todas mis tareas diarias: levantarme, desayunar, hacer mi cama, tomar la píldora, ir al colegio, jugar, hacer los deberes, cenar. Todo aparecía en el programa.

El doctor me enseñó a dividir mis tareas en varios pasos, porque así me sería más fácil acabarlas.

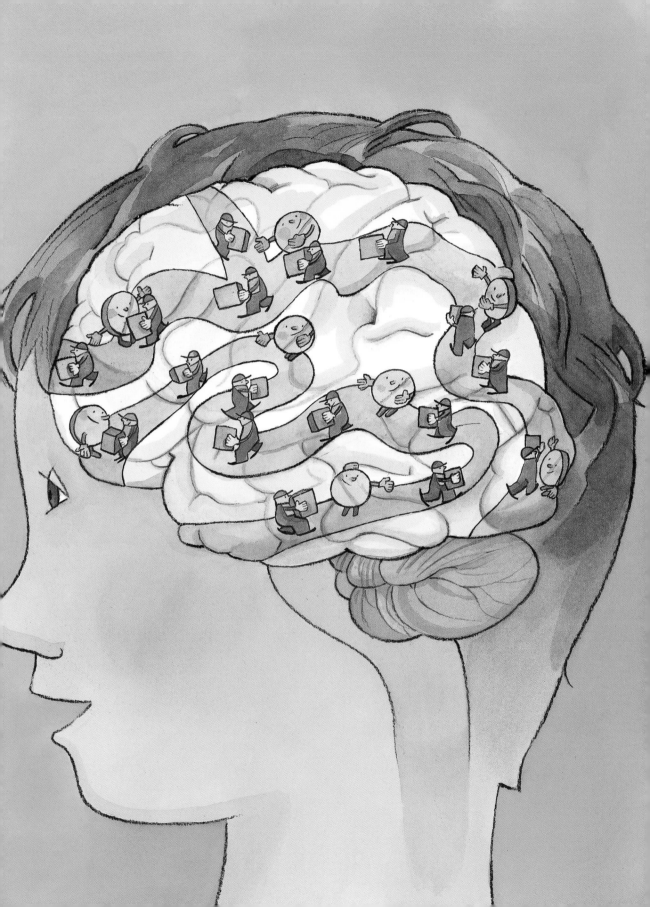

MI MAMÁ ME AYUDA

Mi papá colgó en la pared el programa con lo que tenía que hacer. Había una nota sobre él que decía que cada día a las 4 tenía que jugar a las muñecas con mi hermanita. Me reí porque me di cuenta que lo había escrito ella.

Saqué la nota.—No tienes permiso para escribir en mi programa—le dije.

—Tu programa no me hace ninguna gracia—contestó.

Mamá y yo ordenamos mi cuarto y pusimos todo donde debía estar. Yo siempre andaba perdiendo mis cosas, pero desde ahora debería saber el lugar para cada cosa.

TODOS LOS DÍAS, UN POCO MEJOR

Empezó a ser mucho más fácil
recordar las cosas cuando empecé
a seguir mi horario.

A primera hora de la mañana me
levantaba. Después seguía todos los
pasos para hacer la cama:

1. Alisar las sábanas.

2. Poner el cubrecama por encima.

3. Poner las almohadas en su sitio.

—¡Qué bien!—dijo mi padre—. Has
hecho tu cama cada día esta semana
y las cosas están todas en su sitio.
El doctor estará contento cuando
lo volvamos a ver.

1.

2.

3.

LAS REGLAS EN EL COLEGIO

En el colegio también todo iba mejor. La maestra se había informado sobre el ADHD. Los dos hicimos un pacto: si me resultaba muy difícil estar sentado en la silla, podía caminar en silencio por la parte de atrás de la sala.

Eso me ayudó. La maestra también me hizo una lista con las reglas de la clase que yo solía olvidar. Guardé la lista en mi mesa.

MI VIDA ES MÁS FÁCIL

Desde que empecé a tomar la medicina, se me hizo más fácil prestar atención y esperar mi turno.
Cuando sabía la respuesta, me acordaba de levantar primero la mano.
—Muy bien—dijo la maestra.—Ahora salgamos al recreo.

¡PUEDO CONTROLARME!

Unos niños empezaron a jugar a la patada.
—¿Quieres jugar?—me preguntó Javier.
Me uní al equipo, me puse al final de la
cola y esperé mi turno para chutar la
pelota. Había tres chicos delante de mí.
Quise colarme al principio de la fila, pero
no lo hice.

AHORA ME
TOCA A MÍ

Llegó mi turno. Miré hacia la primera base.
Era allí donde debía ir, pero recordé que debía
esperar y seguir las reglas.

1. Esperé hasta que el lanzador me pasara
la pelota.

2. Chuté la pelota.

3. Corrí hacia la primera base. Mi equipó
me animó.

¡QUÉ GRAN EQUIPO!

Debido a mi pelotazo, mi equipo marcó dos puntos más.
¡Ganamos el partido!
—¡Es bueno tenerte en nuestro equipo!—dijo Javier.
Yo estaba contento de tener a mi médico, a mi maestra y
a mi familia en *mi* equipo. El ADHD significa que algunas
cosas son más difíciles para mí. ¡Pero no significa que
no pueda pasarlo bien!

Actividades

¿QUÉ
FALTA?

Los niños con ADHD a veces tienen problemas para centrarse. Estos juegos mejorarán tu concentración y tu memoria.

Lo que necesitas: dos o más personas y una mesa.

El Jugador 1 coloca algunas cosas sobre la mesa. Puedes colocar tantas como quieras. Por ejemplo, una naranja, una llave, un zapato, una carta de la baraja y una cuchara.

El Jugador 2 estudia la mesa y sale del cuarto. El Jugador 1 quita un objeto de la mesa. Cuando el Jugador 2 regresa tiene que decir qué cosa ha desaparecido. Si la respuesta es incorrecta, el Jugador 1 y cualquier otro jugador pueden pedir al Jugador 2 que haga cosas ridículas, como cantar o bailar o fingir ser una gallina.

Da 1 punto a cada jugador que conteste correctamente y al final del juego suma los puntos para ver quien ha ganado. A medida que mejoras en el juego puedes poner más cosas en la mesa.

SIMÓN MANDA UNA Y OTRA VEZ

El ADHD hace difícil recordar muchas instrucciones. Este juego ayudará tu memoria.

Lo que necesitas: dos o más personas.

Una persona es Simón. Simón ordena a las otras personas hacer algo. Por ejemplo, "Sacude la cabeza". Entonces Simón añade algo más: "Sacude la cabeza y grazna como un pato". Todo el mundo hace ambas cosa. Mira quien recuerda el mayor número de cosas al mismo tiempo. Para evitar confusión, conviene que Simón tenga una lista con todas sus órdenes. Cuando tengan un ganador, esa persona será Simón en la siguiente ronda.

EL CUENTO DE SIETE MINUTOS

Escoge tres o cuatro cosas que sirvan para contar una historia. Por ejemplo, un dinosaurio de plástico, un muñeco superhéroe, un perro de peluche. Dentro de siete minutos, inventa un cuento usando esas tres cosas. La historia tiene que tener un principio, algo emocionante y un final. Si estás solo puedes contarte la historia a ti mismo. Si estás con amigos, pueden hacer un concurso: ¡quién cuenta la mejor historia!

Guía para los padres

El ADHD afecta entre el 4% y el 12% de los niños de edad escolar. Es más frecuente en niños que en niñas.

¿Tiene ADHD tu hijo?
Un niño distraído que tiene ADHD presentará seis o más de los síntomas siguientes:
• Le resulta difícil seguir instrucciones
• Le cuesta prestar atención en el colegio, en casa, o durante actividades deportivas
• Pierde cosas en el colegio y en casa
• No parece escuchar
• Es descuidado con los detalles
• Es desorganizado
• Le es difícil planear con anticipación
• Es olvidadizo
• Se distrae con facilidad

Un niño hiperactivo con ADHD presentará al menos seis de los síntomas siguientes:
• Es intranquilo y agitado
• No puede jugar en silencio
• Deja escapar respuestas
• Interrumpe
• No puede permanecer quieto
• Habla demasiado
• No puede esperar su turno

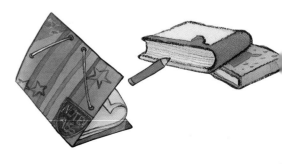

¿Puede la medicina o la terapia curar el ADHD?

No hay cura para el ADHD. No obstante, se considera que el tratamiento combinado de medicamentos como Ritalin y terapia asociada con el comportamiento puede ayudar a aumentar la duración de la concentración y disminuir la impulsividad. Por supuesto, tanto el tratamiento farmacológico como la psicoterapia deben ser dirigidos por un especialista en ese campo.

¿Cómo puedo ayudar a mi hijo o hija?

Si su niño o niña tiene ADHD, lo mejor que puede hacer es proporcionar estructura y rutina:

- Haga un programa. Explique cualquier cambio de rutina por adelantado.
- Exponga claramente las reglas de la casa. Explique y escriba lo que pasará cuando las normas se cumplan y cuando se rompan.
- Mantenga las instrucciones simples y cortas, y repítalas si es necesario. Pida a su hijo o hija que le repita las instrucciones para asegurarse de que han sido oídas y entendidas.
- Felicite a su hijo o hija cuando haya completado cada paso de una tarea.
- Limite a uno o dos el número de amigos en casa.
- Organice una rutina doméstica con descansos. Asegúrese de que los deberes escolares se hayan completado.
- Recompense a su hijo o hija por el esfuerzo, no por las notas.

Ser padre o madre de un hijo o hija con ADHD presenta claras dificultades, pero los niños con ADHD tienen una manera especial de ver el mundo y usted puede compartirla con ellos. Siempre recuerde a su niño sus mejores rasgos y atributos.

El ADHD no impide al niño hacer amigos, que le vaya bien en el colegio, y lo más importante, que sea feliz. La historia está llena de gente con ADHD que ha sido famosa, como el nadador olímpico Michael Phelps, John F. Kennedy y Albert Einstein. El ADHD no fue un obstáculo para ellos y los hizo ser quienes son.

¡NO PUEDO ESTAR QUIETO! Mi vida con ADHD

Primera edición para Estados Unidos y Canadá
publicada en 2009 por
Barron's Educational Series, Inc.

© Copyright 2009 de Gemser Publications S.L.
El Castell, 38; Teià (08329), Barcelona, España
(Derechos Mundiales)

Autora: Pam Pollack y Meg Belviso

Ilustraciones: Marta Fàbrega

Reservados todos los derechos.
Se prohibe la reproducción o
distribución total o parcial
de esta obra, mediante cualquier
medio o procedimiento, sin el
permiso por escrito del dueño
de la propiedad literaria.

Dirigir toda correspondencia a:
Barron's Educational Series, Inc.
250 Wireless Boulevard
Hauppauge, NY 11788
www.barronseduc.com

ISBN-13: 978-0-7641-4420-2
ISBN-10: 0-7641-4420-0

Número de control de la
Biblioteca del Congreso
2009927792

Impreso en China

9 8 7 6 5 4 3 2 1